한글 탐험 퍼즐시의 세계

To.

_____

_____

_____

From.

☀ 서문

한글을 탐험하는 기분으로, 퍼즐을 맞추는 느낌으로 완성한 글이기에 제목을 한글 탐험 퍼즐의 세계로 정했다. 이 세상에는 일반 글이나 시 쓰는 사람이 많기에 나 한사람 정도는 이색적인 글을 써도 되겠다는 생각이 들었다. 그래서 쓴 게 삼행시였는데 시야를 넓히자 많은 사람이 그 길을 걷고 있었다. 그들과 어우러지면서 삼행시 세상에는 한글 퍼즐이 있다는 걸 알았다. 내겐 그 얼마나 다행스러운 일인가? 간판만 걸어 놓고 영업하지 않는 사업장 같았다. 난 거기서 주인 행세하며 무려 7년 동안 한글 퍼즐을 즐겼다. 삼행시 쓴 기간과 합하면 15년의 세월이다. 삼행시로 시작해서 그림 행시, 시조형 퍼즐, 하트형 퍼즐, 회문(回文)형 가로세로 등 수많은 것을 창안했다. 단언컨대 한글 앞엔 불가능은 없다. 한글 퍼즐을 눈으로 보고 마음으로 탐구하는 것만으로도 창의력과 상상력을 끌어올리며 우리 일상에 맞닥뜨린 벽을 허물 수 있는 예지력을 부여받지 않을까? 한글 퍼즐은 가로막은 벽을 뚫는 두뇌 작용이기 때문이다.

한글탐험
퍼즐시의
세계

이길수

C·O·N·T·E·N·T·S

C·O·N·T·E·N·T·S

C · O · N · T · E · N · T · S

C·O·N·T·E·N·T·S

PART 01

세상에
이런 일이

░░░░   하나의 글제(韻)만으로 다양한 형태의 글을 쓰고 싶은 소망을 '세
상에 이런 일이'로 풀었다. 우리가 놀라운 광경을 봤을 때 새어나오는 소리
인데, TV프로그램 제목이며 내가 탐구하는 한글 퍼즐과 잘 어울린다. 그런
글제라면 도전할 만한 가치가 있다고 판단했다.

커피예찬

음! 세월도 삼킬세라

움츠린 상상력 깨우는 유쾌 상쾌한 맛일세

혈관에 피를 내주는 듯 몸에서 돌아

눈이 트임이 광명 세상이로구나

멋스런 나를 깨울런가? 커피!

시심 일어 한 수 씀이 일필휘지로다

혼이 깨나는 놀랄 일이여!

나비

보세
나비 세상
멋진 상대 찾아 날갯짓 상서로워.

내 눈에는
예쁜 꽃잎 같음에 홀렸나!

훨훨 이리저리 날고픈 꿈이 꽃과 같지

어린아스런 생각이 우스꽝스런 황홀함
내일 모레도 계속될 일

내 마음도 높이 나나
비상이라!

마법의 눈

세계를품고사　　　　세　　　　내가세상일세
상상하는만큼　　　　상　　　　승하는인간상
에워싸인우주　　　　에　　　　참주인공임에
이내들어오리　　세상에이런일이　　모두내것임이
런던의봄을쥐　　　　런　　　　하늘을품으런
일체를주관한　　　　일　　　　월도줬다펼일
이내눈깜박임　　　　이　　　　세상떨게함이

세계를 품고 사세　　　　런던의 봄을 쥐련

내가 세상일세　　　　하늘을 품으련

상상하는 만큼 상승하는 인간상　　　　일체를 주관한

에워싸인 우주에 참주인공임에　　　　日月도 줬다 펼 일

이내 들어오리　　　　이내 눈 깜박임이

세상에 이런 일이　　　　세상 떨게 함이

모두 내 것임이

사랑의 맹세 A

```
좋은                    세상   일세                        만세
 매일              상큼하게상긋웃는상                    멋져
  모두         에게친절한  당신이기에           감탄
   내게        이쁘게        오심이        환영
     안기         런가사      랑스런          님아
        나의   일생  줄일   받아
           굳은   이   맹세
```

좋은 세상 일세 만세

매일 상큼하게 상긋 웃는 상 멋져

모두에게 친절한 당신이기에 감탄

내게 예쁘게 오심이 환영

안기련가 사랑스런 님아

나의 일생 줄일 받아

굳은 이 맹세

날 책임지라고

예쁘   세 라 세   상에
항상   상 끗웃는 상   이야
어디   에 서도 빛남 에   꽂혀
어쩜 이 렇게 꽃 처럼 이 쁠까
뺏을 런 가내 맘그 런 거야
붙들 일 책임질 일 이야
자꾸 이 봄 이 떨려

예쁘세 라 세 상에
항상 상   끗웃는   상 이야
어디 에   서도빛남   에 꽂혀
어쩜 이   렇게꽃처럼   이 쁠까
뺏으 런   가내맘그   런 거야
붙들일 책임질 일 이야
자꾸이 봄 이 떨려

웃음꽃 피는 세상

```
만세      웃음꽃피는     세상
 환상           적인 삶에           상긋
정에     끌리는사회  시험볼이웃      에게
떡이      라도해   주   는사랑          이나
 그런     나눔속에서  피는얼굴이      런가
    매일          돈독  해질          일만
    사이     좋게실현할      이상


              상상


   세                우                세
  상             서론상                상
 에            돌다쇠태할바람과같음            에
 이             내뇌리에서사라짐             이
 런              닝맨스런놈이              런
  일            순간잡     아붙들           일
   이   런    별    책   이
```

그게 정답 《 ○ 》

```
금자탑을        세우세        노력하여
내게닥친  상상한      그이상  문제라도
답이있음  에      집중함  에      보이리라
아리송한      이상한      것들이      잡히리라
바람직스  런      접근그      런    시도하에
순조롭게  일들이      풀릴일  멋진인생
영원토록      이삶이      행복하리
```

인생(人生) 최고의 상

```
        타              세
      행              복 상
      내              가 정에빛날
    일 했          음      이
    매      일          받으련거야
  힘          낼              일
아              내      가주는이밥상에
```

사랑의 맹세 B

주세 한세상
너를 감상하며 상큼하게
나에 전부 너에게
맘이고 봄이고
요런 멋스런 나
매일 매일 줘
변치 않을 이내 맹세요

세상에 이런 일이 A

세상은 넓고 넓어서
상상하지 못할 일이
에그그 많기도 하여
이런 저런 제보하면
런던인들 파리인들
일사천리 찾아가니
이 프로는 계속되오

임성훈 박소현

임의 얼굴 속에는 꽃밭이 있네
성긋벙긋거리면 온갖 꽃 피어
훈훈한 내 맘 결에 꽃 향이 이네

박력이 탐스러운 멋진 낭군님
소리 높이 웃으면 꽃은 떨리어
현란한 꽃잎마다 꽃 향 날리네

세상에 이런 일이 B

가로 세로
같은 글

세	상	에	이	런	일	이
상	긋	이	보	던	이	가
에	이	그	조	인	가	슴
이	보	조	원	들	없	이
런	던	인	들	가	는	지
일	이	가	없	는	이	리
이	가	슴	이	지	리	네

좌우로
같은 글

감 잡은 작가

누	세	별	난	이	난	별	세	누
구	상	비	상	시	상	비	상	구
나	에	꿈	길	보	길	꿈	에	나
보	이	나	오	글	오	나	이	보
고	런	이	상	한	상	이	런	고
감	일	자	잡	지	잡	자	일	감
동	이	난	별	지	별	난	이	동

상의 찬가

```
        세                    세
상 은 환 상        상 은 최 상
에 너 지 원 임 에 금 빛 후 광 에
   이 생 명 용 솟 음 치 게 함 이
      런 닝 맨 인 양 달 리 런
         일 생 을 바 꿀 일
                  이
```

세월의 작품

```
세  월  의  작  품  일  세
밉  상  이  된  면  상  봐
주  름  에  점  에  워  싼
조  각  상  이  됐  지  만
멋  스  런  그  런  풍  채
보  일  적  감  동  일  까
이  다  지  오  묘  함  이
```

사는 건

짧을세
인간 세상
백년도 살지 못함에

별빛의 속삼임이
나를 헤는 밤이런가

사는 건 날 비우는 일
이 밤의 별과 같이

에너지를 제대로 써봐!

세상사
상심일랑
에너지 낭비일세

이까짓 거 하면서
런닝 한번 해보렴

일보에 근심 하나씩
이리 저리 달아나

스트라이커

```
세고정        확하                    게
상      대방      울속                이며
에    이      스다    운        면 모로차 면
이      내함    성쏠        아        지는 골
런    닝      하며    만              끽 해
일      품의      결승              골      을
이런슛      매번                  보여      주마
```

뛰는 놈 위에 나는 새 있어도

```
달                                              리세
  끝              없이푸른                    세상
창 공을 나              눈새가            아님에
발        이터    지              도록  질주함이
    장  하              게봐 주  련
    나      자      신을알고        살아갈일
땀방          울속    에맺힌                  행복임이
```

UFO(꿈에)

간 혹　　　나 는　　세계공간이　　　　아 닌
밤 하　　　늘 의　　상공을날곤　　한　　　　다
광 속　　　의 유　　에프　　　오　　타　　고
외 계　　　인 과　　이상한이야 기　　를　　하　다
신　비　　스　　　　런별나라에　　착　　　륙　해
진　　　　종　　　　일놀　　　　　　면　　　서
꿈 을　　　　　　　이뤘　　　　　　다 고

고달픈 주인

　　　　　　　　　　　　나세
아름다운　　　　　　　세 상
　　　열려　　　　있음에
　　　모두　　내것임이
　　이런 저런
먹이찾아　　　비행할일
고달픈　　　　　주인임이

꼭대기를 향하여

```
세                              운
이 상                          적인
복 표 에                    도 달하고 자
쉴 새 없 이        돌        진하      는
믿 음 직 스 런                  사 람
결 코 멈 추 는 일              없      어
꼭 대 기 에 설 날 이          머잖      았다
```

골인

```
    만만                      세
  득점      왕예              상
차      면골  임          에
    세계   적인          이 슈
축    구황    제      런      가
  우승    컵돌      일          만
    문선        이          야   ( 기억해 )
```

※ 문선 Lee가 슛을 하면 골기퍼 (문 선)이는 기억해. 골잡이 문선이야

당신은 꽃일세

당신은 꽃일세
신이 빚어낸 꽃의 형상
미묘히 향내 코를 스치기에
소름 돋는 것 같은 느낌이
알밤 맞은 듯한 얼얼한 그런
아주 특별함을 누릴 일
요구한 것 없음이

꽃이 당신이 된 걸세
송두리째 내 맘 흔들 상
이몸주체못해 확 끌어안고 싶음에
갈잖아도 싫지 않음이
은근한 운치에 취한 닭살스런
당장 고백할 일
신하로 삼길 하염없이

당신은 꽃일세
신이 빚어낸꽃
미묘히 향내 코를
소름 돋는 것
알밤 맞은 듯한얼
아주특별함을 누
요구 한것없

의
스치기에
같은느낌
얼한 그런
릴일
음이

세상에이런일이
일형기
송
이몸주체근
이갈은
당
신

꽃두리째 내 맘 흔들 상
이당신이 된 걸
리 재 확끌
체못해 안고 싶
도 지 않
운치에 취 한닭살
하로삼길하 백 할
하염없

세상에이런일이
들
음음스
싫음이
지앉살
한할
하염없
이

상록수

보　　　　　　세　　　　　　　나
노변　　　　　　상의상　　　　　록수
지친이　　　　에게그늘에　　　쉬란듯
푸른잎들　　　이속삭이는가이　는바람에
귀기울여보　　런가천연스런　소리를담게
사는게남위한　일인가종일　　뽐내는중이라
사시사철변함없　　이　　　　푸른기상장하다

보세나

노변 상의 상록수

지친 이에게 그늘에 쉬란 듯

푸른 잎들이 속삭이는가? 이는 바람에

귀 기울여 보런가? 천연스런 소리를 담게

'사는 게 남 위한 일인가? 종일 뽐내는 중이라'

가만히 귀 기울이면 이런 소리가 들린다

독신의 비해

<table>
<tr><td>변함없을세</td><td>세</td><td>세연년토록</td></tr>
<tr><td>외로움상</td><td>상대상</td><td>상하면서</td></tr>
<tr><td>가슴에</td><td>에도는정에</td><td>에이나</td></tr>
<tr><td>몸이</td><td>이는마음을어이</td><td>이겨</td></tr>
<tr><td>떨치런</td><td>런닝최고런</td><td>런닝해</td></tr>
<tr><td>맘비울일</td><td>일할일</td><td>일찍잘일</td></tr>
<tr><td>늘변함없이</td><td>이</td><td>이상넘지마</td></tr>
</table>

입술

변	함	없	을	세	세	세	연	년	토	록
외	로	움	상	상	대	상	상	하	면	서
가	슴	에	에	도	는	정	에	에	이	나
몸	이	이	는	마	음	을	어	이	이	겨
떨	치	런	런	닝	최	고	런	런	닝	해
맘	비	울	일	일	할	일	일	찍	잘	일
늘	변	함	없	이	이	이	상	넘	지	마

웃음은 명약

세상살이힘들어　　　도　　　씩씩하게웃어보세
상쾌한만　　　큼좋아　　　질내인상
에너　　　지파궁정을　　　씀에
이만　　　큼남는　투자없　　　음이
런닝　　　구터　지　계웃　　　으런
일확천　　　금에견줄횡　　　재할일
이세상을진　　　듯　　　한인물됨이

세　　　상살　　　이힘들　　　어도　　　씩씩하게웃　어　　　보　세
상　쾌　너　　한　만　지　큼　좋　궁　아　　투　질　정　　내　을　인　씀　에　이
에　이　　　만　　　큼　남는　파　　터　　지　투　자　계　횡　　　없　음　으　　　이　런
이　런　　　닝　　　구　　　터에　견　　줄　　재　할　　　　　일
일　확　천　금　　　　인물　됨　　　　　세상
이　　　세상　　　진듯한　　　　　　　　　　　　　이

한글 탐험 퍼즐시의 세계

런닝맨

세상멀리　　　　　뛰어보세
상큼발랄　　　　뻗는위상
에너지가　넘쳐남에
이세상비좁음이
런닝맨스런
일낼일
이

A+ 인생

세
상만상
에이 뿔에　　+
이등하나없는이
런닝도　　　멋스런
일상의　　　　흔한일
이제는　　　　　당신이

별

세
상감상
에최고는별헤는밤임에
이만년간의교감이
런가신비스런
일생의　　놀랄일
이　　　　　　이

지구

세상공감을세
상하좌우같은형상
에어둠뿍　　순환함에
이세상멋　지구　나끝없이
런닝하며　　돌아보런
일평생도부족할일
이천년걸림이

첫사랑

```
빛나거라          세    세              년년
자나 깨 나항      상   상   상       한그 모습
  눈          에              에        돌면
웃 음꽃피 네    이              이
어 서 달 리      런          런      던 까 지 라 도
   안될           일   일              나 유
비싼   낭만           이                  로 다
```

세세하게 보세요

```
      세세할세
    상상 그 이상
        에
    이 급퍼즐 이
  런  가 저  런
      일일
    이보    심이
```

※ 세세할세! 상상 그 이상 에이급 퍼즐이런가? 저런! 일일이 보심이….

PART 02

신비로운
가로세로
한글 퍼즐

발전된 단계를 살펴보면, 밭 전(田)에 삼행시를 넣은 가로세로 같은 글이고, 다음 단계는 입 구(口)에 상하좌우로 읽기 가능한 회문형 운(韻)을 넣은 가로세로 같은 글이고, 다음 단계는 밭 전(田)에 상하좌우로 읽기 가능한 회문형 운을 넣은 가로세로 같은 글이고, 다음 단계는 입 구(口)에 상하좌우로 읽기 가능한 회문형 운을 넣은 가로와 세로가 다른 한글 퍼즐이다. 신비로운 가로세로 한글 퍼즐은 '한글 탐험 퍼즐의 세계'의 마지막 단계로써 쓰기 가장 어려운 형태다.

사랑의 기쁨

너의눈부신눈에꽃핀다
의미불자비뜨이갈등보
눈찾나되론면은댄다
부는게는왕사아너가
신내도계국라품를눈
눈청담이도져에품호면
에춘기리삼내보은사나
꽃의바쉬킷려내시의
핀낭쁘운는과하삶시킨비
다보다가눈먼나의비극(費)

⬇ 가로 세로 같은 글로 전환

너의눈부신눈에꽃핀다
의당이푼만들이내가보
눈이휘청이게웃음난다
부푼청춘의꿈자기인가
신만이의협꾼너의양눈
눈들게꿈꾼찬스에눈먼
에이웃자너스레도빛나
꽃내음기의에도는의의
핀가난인양눈빛의신비
다보다가눈먼나의비극

참매미 예찬

참 다 운 매 미 매 운 다 성 악 가 미
다 된 명 혹 친 료 운 정 찰 성 습 묘
운 청 달 적 여 된 한 다 할 에 쓸 한
매 춘 관 인 름 난 시 감 년 깨 어 반
미 읊 한 네 밤 감 쓰 한 내 어 주 주
매 는 교 소 의 상 려 문 희 난 는 아
운 시 향 리 백 의 고 예 망 자 친 우
다 성 악 가 미 묘 한 반 주(株) 아 우 성

⬇ 가로 세로 다른 글로 전환

참 다 운 매 미 운 매 미 다 성 악 가 미
다 그 치 우 는 명 일 는 우 성 대 창 묘
운 치 벅 찬 감 의 축 감 찬 악 가 도 탐 한
매 우 찬 탄 동 여 하 축 탄 가 창 탐 색 반
미 는 감 축 동 하 공 동 동 미 묘 한 악 반
매 감 축 동 협 신 연 협 하 묘 기 성 성
운 양 타 악 오 공 공 는 한 대 공
다 발 성 미 한 오 한 가 반 주 아 우 성

왕다운 나

다다른오늘난행운
꾼하오짜꺼에다명
꿈취아어가소어인
너에달쥐어미피사
도향봄럼죽네꽃랑
나의탕처리한에너
도인바깨이발면와
왕女한참나만만나

⬇ 가로 세로 같은 글로 전환

다꾼꿈너도나도왕
꾼가신나게이밤도
꿈길오는내님이나
너꿈님웃는내게도
도려내게웃는나너
나부시내님오신꿈
도술부려꿈길가꾼
왕도나도너꿈꾼다

인생 고생

생	고	생	인	명	운	의	속	세
고	행	길	에	백	번	타	는	속
생	을	달	관	한	철	학	자	의
인	간	적	인	말	들	의	여	운
명	백	한	말	뜻	말	한	백	명
운	기	소	그	말	이	진	리	인
의	상	해	침	한	우	리	네	생
속	상	해	독	백	울	할	지	고
세	속	의	운	명	인	생	고	생

⬇ 가로 세로 같은 글로 전환

생	고	생	인	명	운	의	속	세
고	행	길	간	백	성	인	상	속
생	길	많	은	한	인	고	해	의
인	간	은	그	말	이	참	고	운
명	백	한	말	뜻	말	한	백	명
운	성	인	이	말	한	명	언	인
생	인	고	참	한	명	제	제	생
고	상	해	고	백	언	제	깰	고
세	속	의	운	명	인	생	고	생

※ 제생 | 생명을 구제함

불가마

```
불 불 은 내 가 습 태 우 마
붙 은 정 에 까 닭 이 없 음
은 연 중 에 이 리 되 었 다
내 가 좋 아 오 니 맞 이 해
가 까 이 오 오 는 임 이 나
습 벅 거 리 시 긴 장 이 에
태 후 처 럼 는 맞 이 닌 게
우 격 다 집 임 아 넌 데 온
마 음 다 해 나 에 게 온 님
```

⬇ 가로 세로 같은 글로 전환

```
불 붙 은 내 가 습 태 우 마
붙 잡 고 살 까 벅 차 울 음
은 고 름 펴 이 거 는 한 다
내 살 펴 주 오 리 아 담 해
가 까 이 오 시 는 임 이 나
습 벅 거 리 는 긴 장 감 에
태 차 는 아 임 장 대 한 게
우 울 한 담 이 감 한 껏 온
마 음 다 해 나 에 게 온 님
```

※ 아담해 | 자신은 이브고 임은 아담이란 뜻/ 은고름 | 은으로 된 옷고름
　　태차는 아임 | 뱃속 아이가 태차는 장대함/ 우울한 담 | 마음을 감싼 우울한 담벼락

한글 탐험 퍼즐시의 세계

PART 03

가로세로 같은 한글 퍼즐

가로로 읽거나 세로로 읽었을 때, 똑같은 글을 가로세로 한글 퍼즐이라 한다. 예로부터 내려오는 '개똥아 똥쌓니 아니오'에서 그 유례를 찾을 수 있다. 어찌 보면 말장난 같지만, 연상력과 아이디어와 창의력 중 그 하나가 글제와 뜨겁게 눈이 마주쳤을 때 탄생한다. 발표된 건 많지 않아 신천지와 같다. 어느 정도 문장을 이룬 것 중에서 제일 긴 것이 18개 짜리다. 물론 길고 짧은 것보다 내용이 중요하지만 그 끝이 궁금하여 완성했다. 가로세로 한글 퍼즐은 말 그대로 퍼즐이라 생각하고 보는 너그러운 마음이 필요하다. 이 세상에는 수많은 것들이 존재하지만, 살아가면서 인연이 닿은 것들에만 혼을 쏟는다. 각 분야마다 쏟은 땀만큼 업적이 쌓인다. 비록 그것이 미비할지라도 성대한 날을 향한 디딤돌을 놓는다는 마음으로 나아간다. 가로세로 같은 한글 퍼즐은 '한글 탐험 퍼즐의 세계'에서 두 번째로 어려운 단계다.

호경기

호 경 기
경 제 지
기 지 개

황진이

황 진 이
진 선 미
이 미 지

행복한

행 복 한
복 지 국
한 국 인

꽃밭

붉 어 진 얼 굴
어 엿 이 굴 지
진 이 한 빛 의
얼 굴 빛 낸 꽃
굴 지 의 꽃 밭

상상은 자유

백 마 탄 왕 자
마 나 님 될 나
탄 님 의 품 에
왕 될 품 이 사
자 나 에 사 랑

동백꽃향기

동	백	꽃	향	기
백	년	향	긴	가
꽃	향	기	영	차
향	긴	영	좋	구
기	가	차	구	나

백만 송이 장미

백	만	송	이	장	미
만	발	이	쁜	미	소
송	이	마	다	고	와
이	쁜	다	발	명	시
장	미	고	명	하	되
미	소	와	시	되	다

커피 한 잔의 여유

커	피	한	잔	의	여	유
피	로	줄	고	기	운	난
한	줄	기	이	슬	감	히
잔	고	이	주	기	도	해
의	기	슬	기	도	는	피
여	운	감	도	는	천	하
유	난	히	해	피	하	죠

봄날의 추억이여

봄	날	의	추	억	이	여
날	고	기	는	울	여	친
의	기	충	천	한	날	은
추	는	천	사	나	비	야
억	울	한	나	이	상	한
이	여	날	비	상	쿠	나
여	친	은	야	한	나	비

마음의 고운 나의 신부여

여봐요파도가슴쳐다봐
부나비고운인사바친다
신하여살아생전날바쳐
의지하며꿈인삶전사슴
나의위대한참인생인가
운밤신맞대한꿈아운도
고이당신맞대며살고파
이한생당신위하여비요
음산한이밤의지하나봐
마음이고운나의신부여

꽃이 피고 나비가 날아가지

지금도바라보면날아가지
가시리까울음이난다는가
아다그일는울음이난다아
날기는나하내마음이난날
가악고운지오라마음이면
비든보이든지오내울음보
나만어이뭐든지하는울라
고로불고이이운나일까바
피리로불어보고는그리도
이파리로만든악기다시금
꽃이피고나비가날아가지

별간에서 해님을 느끼며

이 세 상 은 해 같 이 빛 나 고 만 물 은 생 동 한 다
세 상 만 사 맑 은 날 만 있 다 면 은 총 에 감 동 산
상 만 준 님 은 생 의 보 고 정 의 생 명 인 한 안 다
은 사 님 좌 우 명 이 고 우 리 가 명 심 하 고 살 면
해 맑 은 우 주 속 삶 자 리 라 득 의 할 여 운 일 고
같 은 생 명 속 잘 살 란 가 무 한 한 소 망 해 별 달
이 날 의 이 삶 살 피 고 있 는 건 줄 기 울 꿈 간 파
빛 만 보 고 자 란 고 이 는 행 복 기 름 진 이 에 도
나 있 고 우 리 가 있 는 만 복 의 빛 진 정 나 선 가
고 다 정 리 라 무 는 행 복 에 근 심 생 긋 웃 는 다
만 면 의 가 득 한 건 복 의 근 원 장 수 고 긴 정 듬
물 은 생 명 의 한 줄 기 빛 심 장 수 놓 는 가 교 고
은 총 명 심 할 소 기 름 진 생 수 놓 는 해 님 감 사
생 에 인 하 여 망 울 진 정 긋 고 는 해 죽 이 웃 는
동 감 한 고 운 해 꿈 이 나 웃 긴 가 님 이 여 긴 것
한 동 안 살 일 별 간 에 선 는 정 교 감 웃 긴 것 이
다 산 다 면 고 달 파 도 가 다 듬 고 사 는 것 이 지

약 한 잔에 취하나

내 가 오 늘 도 소 망 한 건 보 물 보 단 맘 의 풍 요 다
가 질 수 없 는 망 상 참 실 제 적 인 꿈 의 당 파 기 한
오 수 없 는 세 상 을 위 한 양 심 적 인 자 세 로 살 자
늘 없 는 걸 상 상 한 이 한 껏 적 신 가 유 찬 물 고 여
도 는 세 상 나 도 돌 고 약 먹 고 기 운 나 감 들 뜬 생
소 망 상 상 도 다 같 아 지 나 통 분 수 풍 성 인 다 각
망 상 을 한 돌 같 은 주 어 진 삶 사 나 요 감 속 할 일
한 참 위 이 고 아 주 먼 먹 장 구 름 이 라 도 타 볼 까
건 실 한 한 약 지 어 먹 고 색 한 될 리 있 나 요 낼 뭘
보 제 양 껏 먹 나 진 장 색 깔 약 발 도 는 인 생 위 해
물 적 심 적 고 통 삶 구 한 약 발 이 좋 아 품 귀 해 도
보 인 적 신 기 분 사 름 될 발 이 좋 은 양 이 한 잔 만
단 꿈 인 가 운 수 나 이 리 도 좋 은 게 피 어 난 행 복
맘 의 자 유 나 풍 요 라 있 는 아 양 피 운 진 한 복 이
의 당 세 찬 감 성 감 도 나 인 품 이 어 진 한 참 담 임
풍 파 로 물 들 인 속 타 요 생 귀 한 난 한 참 우 아 한
요 기 살 고 뜬 다 할 볼 낼 위 해 잔 행 복 담 아 본 다
다 한 자 여 생 각 일 까 뭘 해 도 만 복 이 임 한 다 는

※ 다각 | 차를 차려서 대중에게 바침/ 적신 | 벌거벗은 알몸/ 낼 뭘 | 내일 무엇

PART 04

기하학적인
한글 퍼즐

본 글보다 외곽운(▦)이 더 복잡한 형태여서 부득이하게 외곽운을
풀어 놓았다. 아마도 본 글보다 외곽운을 쓰는 게 세 배 정도 어렵지 않을
까 싶다. 한글 퍼즐을 접한 칠 년이나 흐른 뒤에 창안한 형태의 기하학적인
한글 퍼즐이다. '한글 탐험 퍼즐의 세계'에서 세 번째로 어려운 글이다.

어느 노인의 고백시

다 정 했 던 임 생 각 하 며 한 수 씀 이
산 다 는 건 봄 바 라 게 피 어 있 는 꽃
삶 을 불 태 운 열 정 으 로 빛 나 기 에
의 연 히 빈 가 슴 에 정 을 채 워 준 별
나 누 는 사 랑 에 인 색 하 지 않 음 이
상 전 처 럼 날 받 들 며 고 결 히 살 다
세 상 사 이 슬 만 머 금 고 순 수 내 핀
한 없 이 내 품 에 서 향 기 수 히 뿜 꽃
마 지 막 임 도 가 고 두 날 세 운 던 다

➡ 외곽운을 읽으면

절망적인 나   희망적인 나

다 산 삶 의 나   이 꽃에

상세한   별이 다 핀

마지막 임도 가고   꽃다운 날세

두 날 세 날 운다   날 두고 가도

꽃 핀다   임 막지 마

이별에 꽃이   한 세상 나의 삶 산다

네 미소가 예술이다

네가처자고안아좋다
미의여신별처럼윙크하니
소경된듯눈멀어떠는남성이우
가슴에품고언제든보는환상어이깨

예술품중의　　　　예술품임이
술안먹고도　　　　빙빙도는고
이마음대로　　　　갖지못함을
야멸친현실　　아　　서글픈감성
미치게타오　　름　　끓는가슴이
의젓하게　　　다　　태우련다
근심쌓여　　　운　　저눈물보
원망도말　　　것　　비우는것
이리말해　아름다운것美는기쁨이다　방긋웃는
네모습보　　　는　　족족하하
계절들듯　　　기　　쁨에만취
서럽게기　　　쁨　　토해냄에
소유치않은　　이　　머무는예술
생명수같아　　다　　시눈뜬것은
하늘보듯이　　　　볼수있는것
고통없이도　　　　미에취하는
번영한감성　　　　깨치는여하
창조주의예술품감상하는비법성취
하늘의별과지상의꽃과같음에
여인의눈에빠져드는요술
가까이서만끽하지예

자작시 행시 써보자

보가는시은모써
물진인하의것면시려
로미은시족나한운행구올
간오인맘난만는랑다게는한퍼
직아짓보의만시치자너하느올도워
하선날갯커나아한음이시랑이한게로새
자여신고날참해갈착솟없행명사생하새양시
보진운안한니래다서요인쾌동모인
고빠다여귀우노바　한라듯듯명감할터
읽에왕부는깨며은　왕
고작의도비히리음　용　따을놓시운복샘
쓰시류리나도거마음은　포운당수행계탄의
자일풍이의도울던지것는이묘늘로후썹러행
연히맘편심너다말른도은금리속
과의저시차꿈미다오어력실뇌
나식린조상꾼르다답물상은
수은의행이름적심상
작용이많아질시

※ 이 퍼즐은 삼겹 운(韻)으로 되어있다. 외곽 팔각형엔 '자작시 행시 써보자' 끝말잇기 팔행시가 들어 있고, 중간에 자리한 ◇속엔 '왕다운 나' 끝말잇기 회문형(거꾸로 읽기 가능한)사행시가 들어 있고, 안쪽 ㅁ에는 '마음은 바다 - 다 포용한다'가 들어 있다.

돈

도시사회왕나

돈서할이배의거의

은는면분몸을상살맘자

분임도알구이발망찌된살부　어황계일돈

신는신고척　허하의는도

왕하시주돌　박이되정

은귀주혀　소종재의

돈의해밝　여는에나

아삶결게　하하불와

이론해하　은거환갓너

다고주환도　면답제순한

수식를이돈

의래없유을는까냐다한흥대

장지여락없을탈어없쾌원

사돈벼책을무이명

꾼돈대박난꿈

➡ 외곽운을 읽으면

다수의 장사꾼 돈 대박난 꿈 명, 원대한 너와 나의 정도, 돈 부자의 나, 왕 회사 시도 돈은 분신, 왕은 돈 아이다.

다이아 돈은 왕, 신분은 돈, 도시 사회 왕. 나의 자부 돈, 도정의 나와 너, 한 대원 명 꿈 난 박대, 돈 꾼 사장의 수다.

주당 인생

주(酒)

시 의 간

한 할 명 시 줄 돈

인 다 각 생 린 격

일 부 숙 선 생 은 내 반 는 것 일

일 인 개 최 만 울 리 면 내 것

주 할 고 에 족 방 꼬 리 건 는 한

일 일 히 것 가 땀 에 돌 리 히 위

의 처 허 든 고 린 길 손 눕 주

연 바 겸 모 않 흘 부 발 임 몸 식

인 명 에 는 지 에 몸 운 린 친 의

생 앞 있 리 동 인 로 녀 지

일 수 가 노 적 고 가

할 야 은 사 수

주 이 필

연

➡ 외곽운을 읽으면

일주일의 연인, 인생 일할 주연, 연필 수 가지의, 의식주 위한 일,
일은 돈줄 간주, 주시한 인부(人夫)일 일주일의 연인

인연의 일주일, 일부인 한 시 주, 주간 줄 돈은 일,
일한 위주 식(式)의, 의지(있는) 가수 필연, 연주할 일생인 인연의 일주일

풀이/ 연필의 쓰임새에 따라 목수나 교사 등 직업이 달라짐.
연주하고 노래하는 가수는 한 시간 공연해도 일주일 먹고 산다는….

나의 정의

나 의 운 행 쓴 시 인 의
도 도 히 호 른 시 어 도
동 서 남 북 에 호 른 한
감 동 은 천 리 가 는 말
한 줄 기 시 구 에 숨 참
시 대 의 시 성 이 라 할
문 장 이 살 아 부 서 진
의 미 가 문 학 된 과 정

➡ 외곽 글을 빙빙 돌아가며 읽으면

나의 운행(運行) 쓴 시인의, 의도한 말 참할
진정 정과(正課) 된 학문 가미(加味)의, 의문시한 감동 도나

나도 동감한 시문의, 의미가 문학 된 과정
정진(精進)할 참말한 도(道)의, 의(義)인 시 쓴 행운의 나

람보

람보이몸이말한보람
보가함의짐란월국보
이은못꿈멋이초진한
몸통지이상형을멋말
이알잊나체상식록이
말은면사나이상수몸
한같보육듯가상볼이
보물번근렇매세면보
람보한말이몸이보람

우사인 볼트

친서리리크리언눈이크
넘에하이이이는이
이랙라범레말라이라
릴트이표브는의트트
스는웅는폭하상에스
능트영쫓보주육트해
본볼라를큰질라볼향
주알제이나이져개일
질총황먹크없멋번내

행여나 양평가다가 평양 나 여행

행여나 양평가다가 평양 나 여행
여이었내태는싶은화내이이여
나벽넘안고웃고싶여안땅일나
양은럼자놀고먹고보자녘통양
평막처놀서먹반보게보북는평
가로바람에온산답고가
다가가이먹곳냉한강름먹기여수다
가이이듯보고픈한직금아고여갈가
평없이꾸보고소음운에놀간가평
양수을자보고먹고놀자래다양
나을꿈벗가고엔에의잡몰하나
여달는복소늘음을양손도차여
행여나 양평가다가 평양 나 여행

여자 남편 남자여 자주 해방해 주자

여 자 남 편 남 자 여 자 주 해 방 해 주 자
자 식 과 남 편 에 헌 신 한 나 의 구 세 주
남 몰 래 애 만 태 우 다 미 소 잃 었 다 해
편 나 눌 수 없 는 우 리 사 이 거 늘 연 방
남 은 생 임 삶 의 질 적 향 상 만 을 위 해
자 그 시 나 의 탐 욕 과 취 향 을 버 렸 주
여 자 는 성 질 돌 변 해 날 적 극 받 들 자
자 꾸 만 기 적 같 이 예 뻐 질 얼 굴 이 여
주 야 없 이 향 기 뿜 는 임 의 지 하 는 자
해 갈 수 록 상 향 적 질 의 삶 핀 행 운 남
방 긋 웃 는 임 보 며 집 안 일 잘 돕 는 편
해 방 된 가 사 부 담 에 임 은 날 아 끼 남
주 일 에 한 번 이 라 도 아 내 위 해 살 자
자 주 해 방 해 주 자 여 자 남 편 남 자 여

PART 05

시조형 퍼즐 행시

시조형 퍼즐 행시는 평시조의 형태인 초장 중장 종장의 구성이다. 시조형 퍼즐 행시의 세부적인 구성을 살펴보면 세 가지로 나눠진다. 첫째, 본문에 있는 '내 가슴 휘저어 놓은 그대'에서 보듯 시조이면서 십 행시다. 둘째, '배나무'에서 보듯 삼행시 안에 삼행시가 들었다. 셋째, '밤하늘'에서 보듯 가로세로 세 개짜리 한글 퍼즐을 운(韻)으로 삼았다. 시조형 퍼즐 행시의 특징은 각 행에 들어가는 어절이 한두 개에 지나지 않아 마치 단어를 퍼즐처럼 맞추는 느낌이 들지만, 행마다 운명적인 조합이 이뤄질 땐 운이 있고 없음이 별반 상관없음을 알게 된다. 어떤 면에선 운은 목적지를 모르는 작가의 길라잡이 역할을 한다. 마음 안에 글의 씨앗이 없는데, 마주친 운에 의해 대폭발을 하게 된다. 시조형 퍼즐 행시의 또 다른 매력은 다른 사람이 쓴 멋진 시의 제목이나 가로세로 한글 퍼즐을 재활용할 수 있는데 있다. 이렇듯 시조형 퍼즐은 주변을 잘 살펴보는 매의 눈이 필요하다. 남의 것을 내 것으로 만들고 칭찬받을 수 있는 예술 행위는 흔치 않다. 이곳에서 설명한 세 편만 두 가지 형태로 풀어 놓았고, 나머지는 운(韻)을 찾으면서 읽었으면 하는 바람이다.

내 가슴 휘저어 놓은 그대

내 사랑 가슴앓이 습벅인 눈까풀처럼
휘영청 저 달빛에 어리는 순이의 얼굴
놓은 정 은근히 살짝 그네 타듯 대롱대

내 사랑
가슴앓이
습벅인 눈까풀처럼

휘영청
저 달빛에
어리는 순이의 얼굴

놓은 정
은근히 살짝
그네 타듯
대롱대

배나무

배불러
타고 있는
고달픈 열매인가

나무에
들러붙어
이별을 준비하나

무얼까?
인고의 시간
도 닦는 행자일까

배불러 타고 있는 고달픈 열매인가
나무에 들러붙어 이별을 준비하나
무얼까? 인고의 시간 도 닦는 행자일까

밤하늘

밤 깊어
하늘가에
늘어선 별이 총총

하나 둘
늘어났나!
빛깔이 다채롭다

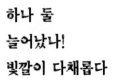

늘 보면
빛나는 별이
나비 되어 내린다

밤 깊어 하늘가에 늘어선 별이 총총
하나 둘 늘어났나! 빛깔이 다채롭다
늘 보면 빛나는 별이 나비 되어 내린다

밤 하 늘
하 늘 빛
늘 빛 나

눈길

사방이 박꽃처럼 눈부신 길이로다
구태여 밟지 않고 두리번 보고 싶다
발걸음 자국 남기니 국화빵이 줄 잇네

눈사람

한 다발 눈송이들 결 곱게 빚어내니
같잖은 말 못하게 은백색 웃음 짓고
마주한 아이와 서로 음미하며 벗하네

염불 소리

청아한 소리 내며 기 닦는 염불인가
세상사 탁한 때를 기필코 떨 치련가
청천의 소나기처럼 기를 뺏는 소리여!

세월이 담긴 잔

세월이 월 잔 한 듯 이 잔에 기웃대니
담백이 마셔보고 긴 숨을 들이쉬니
잔달음 빠져나가는 저 세월의 잔영들.

이 세상은

어쩌면 이 세상은 항아리일 것이다
속에서 어여쁘게 움직이는 삶일 것이다
금지된 규정 안에서 붕붕 대며 어정어정

사랑은?

안다고 개는 짖으며 와싹 안겨 꼬리 흔드네
꿈틀거린 꿈이런가 의복에 새긴 발자국
변별력 없다 하기엔 주옥같은 사랑이다

기와집

세월도 상긋 웃고 이렇듯 기웃대니
탁월이 트인 창엔 인심이 깃들어라
기껍게 와글거리는 집 안팎의 벗님들

별이 빛나는 밤에

소복이 망태기에 을러대며 담아야지
품 안에 어여쁘게 안기는 고운 별빛
멋진 밤 지새며 빛을 게걸들듯 뿌리니

살빛이 아양피우듯 보얗게 자르르하네

PART 06

끝운에서 양괄식 까지

글의 마지막에 운(韻)을 두고 한시를 짓던 옛 선조들의 격조 높은 놀이 문화가 한글로 그 명맥을 이은 게 끝운 행시다. 그러나 한글은 한문과 달라 끝운에 맞춰 시를 짓는 게 큰 의미가 없었던 건, 끝운은 한글에서는 마무리 글자이기 때문이다. 오소리를 예로 들면 무슨 내용이든지 가능하기에 굳이 끝에 운을 두고 시를 짓는 게 의미가 있을까? 그래서 운을 앞에 두고 쓴 변형된 삼행시가 보편화 됐지만, 만인의 주목을 받지 못한 건 첫운으로 시작되는 단어 또한 무수히 많아 일반 시를 짓는 것과 별반 다르지 않으면서 첫운에 의해 얽매여 억지로 글을 쓴 듯한 느낌이 좋지 않았다. 그러는 사이 삼행시는 말장난에 지나지 않는 품격 낮은 글로 격하됐다. 이를 극복하기 위해 즉흥적인 삼행시보다는 예술성 있는 삼행시를 짓는 동호회가 생겨났고, 급기야 삼행시를 발표하여 등단하는 문학회가 설립됐다. 시 짓는 게 만만치 않은 건 시대가 갈수록 창작하는 일이 어려워졌기 때문이다. 칠팔십 년 전만 해도 '산에는 꽃 피네! 꽃이 피네!' 읊으면 주옥같은 시라고 했지만, 지금은 모방이며 금지어일 뿐이다. 창조성 있는 시 쓰기 어려운 이 시대에 삼행시는 신천지이기에 자신만의 기풍을 갈고 닦는 이가 적지 않다. 나 또한 이루지 못한 시의 꿈을 삼행시 안에서 이루려 애쓰다가 거의 명맥이 끊긴 끝운 행시를 탐구했고, 더 나아가 끝운과 첫운을 함께 둔 양괄 행시를 연마하면서 한글 퍼즐 세계를 엿보았다.

중년 노을빛 그리움

내 삶을 항해하던 중
떠밀려간 반 백 년
세월을 젖고 가는 노
물살에 부서지는 청춘임을
무심히 밝히는 달빛
마음은 지그재그
물속에 뛰어드는 별빛이리
아름다워서 싹트는 서러움

진달래꽃

차가운 가슴 뜨겁게 불붙이고 진
화신의 옷 입고 벗은 애욕의 한 달
산새의 노래는 내 영혼의 악보래

봄비 내리는 날

창을 바라봄
유리창 닦는 비
겨우내
꽁꽁 얼어붙은 창이리
말끔히 씻겨내리는
내 눈마저 트인 날

짝사랑

널 품은 내 마음이 별처럼 반짝반짝
심장은 파도처럼 뱃전에 부서지사
달콤한 가슴앓이에 긴 밤은 줄행랑

너무 아픈 사랑은 사랑이 아니길

나는 너　　　　　　내 청춘의 힘이사
너무　　　　　　　내 인생의 자랑
좋아　　　　　　　하염없이
가슴에 담고 픈　　샘솟는 행복아
내 사랑이사　　　이 감동 네게 주려하니
심장일랑　　　　내 품에 안기길
마냥 뛰는 것은

활기 넘치게 살아 보자

탄력 넘치는 활
당긴 만큼 뻗는 기
손끝에 가득 차
힘차게
날아가는 화살
인생아
전진하기 위한 후퇴하는 일보
잊지 말고 살자

해돋이 새아침

해맑게 웃는 얼굴 제왕의 참 모양새
돋아난 후광 속에 어둠을 깨친 자아
이 몸을 훨훨 불태워 빛이 되란 가르침

보신각 종소리

보람찬 새해맞이 장엄한 보신각 종
신년은 어서 오고 구년은 비켜나소
각고의 울부짖음에 액운마저 떨치리

행복한 설날아

행성이 돌고 도니 해마다 돌아온 설
복조리 걸어두고 온갖 복 기원한 날
한 그릇 떡국 속에서 한 살 낚는 아들아

시인의 가을 날

시뻘건 불덩이가 점등한 일출인가
인화한 세상천지 소등한 저녁노을
의연히 착상하면서 시심 이는 가을 날

오작교 까마귀

오늘도 님 그리는 외로운 별이리까
작별의 일 년일랑 씻도록 도와주마
교량을 놓아 주고자 몰려든 까마귀

로미오와 줄리엣

로미오를 한순간에 옭아맨 사랑의 줄
미묘한 눈싸움에 붙들린 두 영혼이리
오감이 용광로 되어 부르짖는 줄리엣

옥토끼 달나라

옥토끼가 우아하게 방아 찧는 저기 저달
토산품이 떡이려니 언제 한번 맛을 보나
끼니마다 방아 찌며 찰떡같이 살고 파라

운동장 만국기

운동화끈 바짝 당겨 힘차게 달렸건만
동무들 따라잡기 바빴으니 추격 형국
장렬히 경찰 됐노라 휘날리던 만국기

당신은 멋진 사나이지

당신품에 안기면 행복의 전당
신성하게 받드는 나의 수호신
은혜로운 사랑이 넘쳐서 좋은
멋들어진 일상에 전염되는 멋
진귀한 가슴으로 정의에 매진
사심 없이 나만을 보살펴주사
나날이 깊어 가는 애정이려나
이 한몸 바치기를 거리낌 없이
지극정성 다하여 모셔 섬기지

아름다운 중년의 모습

우아한 기풍이 정점에 다다른 아내와
늠름한 기상이 하늘을 찌르는 남편이
정다운 얘기를 나누며 다니는 모습이
천운이 넘치는 완벽한 부부의 행차다
신중히 화폭에 그리면 나비도 머물까
중년의 세월에 자연을 닮아간 얼굴아
정의감 넘쳐서 생겨난 주름진 계곡이
참모습 아닐까 깊은정 쌓여서 흐르니
다습다 보기만 하여도 괜스레 설렌다

PART 07

짧은 행시

삼행시나 이행시를 최대한 짧게 쓴다. 철학적이지 못하면 시적이면 되고, 시적이지 못하면 해학적이면 되고, 해학적이지 못하면 재미로 쓰면 된다. 그래서일까? 쓰기는 써도 마음에 들지 않은 게 대부분이다. 짧을수록 쓰기 어렵고 길수록 쓰기 쉽다. 짧은 행시는 퍼즐 행시의 원천이다. 가로세로 한글 퍼즐엔 짧고 긴 것조차 없다. 글자 하나하나가 운(韻)이며 끝말잇기 글이기 때문이다.

산책(山冊)

산골짜기
책장 넘기는
물소리 바람 소리

꽃축제

꽃의 향연에
축의금 내는 인파
제철 만난 삯(싹)

파도

파! 하고 밀려와
도(島)에서 부서지는 멜로디

밤

해를 삼킨 죄로
별을 수만 개 내주고
달만은 차등으로 보냈다

가면

가짜 얼굴에
면해진 자존심
춤추는 본성

하늘

하염없이
늘어서서 흰 지붕

낚시꾼

낚아채는
시 한 수
꾼에게 걸려든 시류

사월

수액이 물올라
채색(彩色)된 여린 싹
화가의 미완작(未完作)

낙엽

낙관은 나무 그리운 봄에게
엽서를 띄우는 늦가을

봉사

봉 같은 그년
사랑에 눈 먼 봉사
눈 뜬 행복)

표정

표현의 예술
정념(情念)이 움터
무시로 핀 꽃

모가지

모 가지냐고
가슴 위에 돋아
지극히 피운 얼굴 봐

바보

바라는 게 뭔지
보는 걸로 늘 행복한 부자

병따개

병마갤 보면
따고 싶은 바람둥이
개선장군의 후예

참이슬

참진 이슬로 진로(眞露)
이내 인생의 진로(進路)
슬픔을 걸러주는 동반자

잎새주

잎(입)들의 속삭임
새들의 노래
주(酒)님께 경배하라

범나비

범이 나비가 된다면
나는 뭐가 될까
비행한 고추잠자리

아가

기어 기어
저기 저곳에
귀신같이 갈 테야!

생(生)

목마른 육체
욕조는 모성의 자궁
실감한 태아

삶과 돈과 0

산다는 것은
소비하는 것이다

한글 탐험 퍼즐시의 세계

PART 08

삼행시의 세계

석 줄로 되어있는 시를 삼행시라고 한다. 앞에 운을 두고 쓰는 시는 엄밀히 말해서 운행시다. 그런데 어느 순간부터 시가 아닌 운행시가 삼행시로 둔갑해버렸다. 이게 바로 대중의 힘이다. 한번 그릇되게 관념화된 것은 어쩔 수 없을 터, 석 줄로 된 시도 삼행시고, 운이 있는 석 줄 시나 글도 삼행시다. 시 쓰는 게 그리 쉽지 않은데, 앞에 운만 들어가면 시가 되니 참 시 쓰기 좋은 세상이다. 그 중심에 내가 있다. 그러나 내가 쓴 삼행시를 시라고 생각하지는 않는다. 그건 보는 이의 몫일뿐이다. 나는 타고난 재능도 없이 차고 넘치는 그 열정 하나로 삼행시에 매진하면서 나만의 철학을 정립했다. 삼행시를 시답게 쓰지 못할 바에는 가장 삼행시답게 쓰자. 누가 쓰더라도 그 글제와 맞는 주제의 삼행시를 나보다 더 잘 쓸 수 없도록 만들자. 왜 이게 가능한 생각인가? 삼행시는 먼저 쓴 사람이 유리하다. 글제에 맞는 첫운(韻)으로 시작된 단어를 먼저 선정할 권리가 있기 때문이다. 나중에 쓴 사람은 그만큼의 선택권이 줄어든다. 만약에 글제인 운(韻)과 주제가 무방하다 해도 그 희소성 때문에 먼저 쓴 사람을 능가하기는 어렵다. 이를테면 삼행시 한 편을 쓰고 제목을 붙이는 순간 그 글제와 제목으로 자신이 쓴 것보다 더 잘 쓰긴 어렵다는 뜻이다. 그게 삼행시의 매력이다. 누구든지 최고가 될 수 있는 게 삼행시다.

무궁화

무궁무진 피어나는 대한의 꽃 넋이여
궁여지책 피고 지는 강인한 천성이여
화려한 삼천리강산에 그대 얼이 서렸다

애국가

애끓는 충정심에 가슴은 따사롭고
국민의 뜨거운 피 하나로 뭉쳐주는
가없는 사랑의 노래 온 산하에 흘러라

지휘자

지구를 다스리는 태양이 리더 되어
휘젓는 손끝 따라 바다가 춤을 추고
자연이 하나 되어서 천지를 창조하네

봄맞이

봄 여름 가을 겨울 세월의 물레방아
맞물린 하늘과 땅 계절을 돌리나니
이어진 마디 속에서 봄바람이 숨 쉬네

일광욕

일신이 태양 앞에 옷 벗고 제물 될세
광란의 빛 투영되어 육체가 붉게 타니
욕정을 가득 채운 건 태양인가 나인가

가을밤

가쁜 숨 몰아쉬는 태양의 저편에서
올밋올밋 스러지는 여름이 애처롭다
밤사이 눈물 흘렸나 가을밤에 젖는다

한겨울

한사코 찾아오는 추위를 탓할 손가
겨우내 임 품에서 언 몸을 녹여야지
울 아이 내년 봄이면 부풀어 오를 거야

봄단장

봄볕이 입맞춤한 가지엔 싹이 돋고
단벌 옷 매무시에 봄 냄새 훨훨 나니
장거리 가리지 않고 몰려드는 벗님들

오색빛

오래된 책갈피에 연명한 잎사귀 하나
색색이 바랜 만큼 추억은 아롱져서
빛나는 두 눈 가득히 젊음이 단풍드네

건들마

건너다보기에는 아쉬워 살포시 너를 건들마
들녘의 만물에 생기를 불어넣는 나는 건들마
마디마다 싱그럽게 애무하는 가을 바람둥이

망원경

망망한 밤하늘에 별 무리 바라보니
원근감 간데없고 별의별 쏟아지나
경계를 어이 지을까 별세계를 노니네

저녁놀

애달픈 핏빛 절규 하늘을 멍들이네
간다고 아주 가는 이별은 아닐지라
장대한 제왕을 보내는 지상의 아첨이리

지평선

지평선에 언제 한번 닿을 수 있을 거냐
구만리 끝도 없는 지구촌의 울타린가
촌촌이 다가서지만 언제나 제자리라

보자기

보이는 곳 끝까지 섬세히 감쌌구려
자식을 품어 안은 엄마의 모습이리
기울은 사랑 없으니 한결같이 포근해

이야기

이 사람 저 사람과 속내를 나누면서
야기된 말씨들이 피워낸 언어의 꽃
기쁨을 두 배로 하고 슬픔을 나눠주지

유부남

유일한 임을 위해 나의 생을 바치리니
부당이익 취한 듯이 미안해하지 말고
남김없이 내 모든 것을 빼앗으며 사소서

호시절

호수에서 낚시하던 호시절 언제던가
시퍼런 물살보다 기상이 푸르렀는데
절박한 인생살이에 낚인 물고기로다

대나무

대쪽이 곧다해도 속까지 꽉 찼을까
나직이 속삭이는 고해가 애달프다
무심한 대를 탓하며 늘 푸르게 서있네

얼음판

얼음이 차가워도 봄 되면 녹겠지만
음울한 맘 자락에 드리운 근심일랑
판판이 커져만 가는 가슴앓이 빙점일세

나무

추위에 옷을 벗는 나무를 바라보며
위대한 대자연을 나무란들 무엇하리
가쁜히 알몸 바치고 나무아미타불 하더라

벌초

한구석 자리 잡아 세월과 씨름하니
가없는 외로움에 풀만이 무성한가
위하는 마음일지니 벌초함을 탓 마소

보름달

한없이 멀면서도 가까운 보름달은
가슴에 담아 놓은 첫사랑 얼굴인 듯
위하는 고운 맘으로 다달이 날 찾는가

사각형

사는 게 답답함이 네모진 벽 탓이야
각 없는 하늘 아래 둥글게 살고픈데
형틀에 찍혀 나오는 사각형의 도시여

장미화

장미에 숨은 미는 나날이 빛바래도
미 속에 장미꽃은 영원히 빛 발하니
화려한 날은 짧지만 그 후광에 빛나라

무지개 A

무슨 수로 그렸을까 곱기도 하지
지나가는 저 구름은 알고 있을까
개나리야! 진달래야! 너흰 보았니

널뛰기

널 띄우리 하늘 높이 날게 해줄게
뛰어올라 선녀님들 만나 보겠니
기념사진 한 장 찍고 내려와야 해

종이학

종이는 접히면서 내 맘을 담아
이채로운 얼굴로 변신하더니
학이 꿈 되어 임께 날아가더라

자장가

자나 자나 예쁜 아기 잠 잠잠 하네
장단 맞춰 숨 고르며 키 키키 하네
가나 가나 꿈속 나라 콜 콜콜 하네

오선지

오선지 없는 집에 악보가 떨어져도
선선히 연주되는 피아노 소리 같아
지그시 눈을 감으니 콩나물이 춤추네

총잡이

총 맞은 참새처럼 별안간 쓰러진 너
잡히면 끝장나는 순정을 어이할까
이성의 심장 향하여 명중시킨 사수인 걸

방아쇠

방긋한 웃음 탄이 빵빵하게 장전된 너
아리게 맞고 싶어 진종일 보채 봐도
쇠고리 고장 났던가 방아쇠가 얄밉네

은행 잎

은행이 대박 나야 경제가 돈다는데
행하니 돌고 도는 잎들은 말하는가
잎이라 은행잎이라 돈다발이 아니냐

초인종

초대한 손님 있나, 자꾸만 누르나요
인권이 없는 나는 진종일 시달리네
종 치는 내 삶의 행복은 언제쯤 열리리

한글 탐험 퍼즐시의 세계

히프선

히죽 웃는 것은 매력적인 당신 때문이야
프러포즈라도 하지 않으면 죄가 될 거야
선녀의 히프인지 하프인지 타 보고 싶다

아궁이

아가리 벌려 놓고 장작을 기다리는
궁색한 너를 보면 이 몸에 불을 붙여
이 밤에 훨훨 타오르는 장작이 되고 싶다

목욕재계

매운탕 속에는 물고기가 있는데!
운명 참 비참하구나 나를 보라고
탕 속에서 바글바글 끓고 있잖아

난 누구의
요리일까?
사랑하는 당신
식기 전에 드세요

저팔개

저런 내 얼굴 앞에서 뭣들 하는 거냐
팔팔 끓여 놓고 지극히 큰절을 올려
개탄하도다 살아생전에 그랬어야지

이런 오징어 받으실래요

오시는 임을 위해 이 몸은 돌이 되어
징검돌 하나하나 걸음 따라 놓으리니
어여삐 밟고 건너와 꽃 한 송이 받으소서

냉장고를 녹이는 남자

냉랭한 그대 몸도 내게 기대면
장작더미 타오른 이 몸에 데어
고드름 같은 그댄 불기둥 되리

변기통

변함없이 당신만을 사랑합니다
기꺼이 옷을 내리고 덥석 앉아서
통렬히 용쓰는 모습에 반했습니다

변변하지 못한 내가 외로울까 봐
기관포처럼 쏘아대고 떠나시지만
통째로 삼키는 그 맛을 못 잊습니다

변함없이 당신만을 기다립니다
기구한 나의 운명은 당신에 의해
통치를 받지만 그건 사랑입니다

생의 향기

문 닫힌 구도의 길 하직을 고하는 날
방그레 주문 외며 항문에 힘을 쓰니
구린내 코를 찔러도 생의 향기일세라

흥부의 변명

놀고먹는 아우는 필요 없다
부지런히 일하는 대신에
와이프 치마폭에만 살았더냐

흥망성쇠가 후손에 달렸거늘
부지런히 일할 땅이라도 있었나요?

해바라기

해를 향해 내민 얼굴
바라보다 닮았느냐
라고요 물었더니
기고만장 웃더라 네

화이트데이

화사한 꽃이 좋아 날아온 나비
이리저리 내려앉아 꽃 향에 취해
트인 마음 가없어 날개를 접고
데굴데굴 진종일 보채고 싶어
이 밤이 가지 마라 꼭꼭 숨는다

파격적인 거짓말

마침표냐 느낌표냐 임을 향한 사랑이여
늘어나는 나눔 속에 말싸움이 잦아지네

배회하는 믿음소망 나 몰라라 외면하면
추억하는 멋진 날들 하나둘씩 떠오르네

양양하게 임을 잡고 사랑한다 속삭이니
파격적인 거짓말에 임은 속아 눈물짓네

무지개 B

빨리 밖으로 나오시어
주변을 잘 살펴보세요
노상 볼 수는 없으니
초자연의 신비를 알겠어요
파란 하늘 아래 영롱히
남북을 하나로 이어놓은
보배로운 천상의 빛이여!

눈같은 흰빛 세상

눈에 눈이 훤히 비치어
같은 눈인 듯이 노닐면
은세계 눈송이 휠휠휠
흰빛 나비 되어 내 품에
빛나는 꿈 가루 뿌리니
세월도 내 맘 어이 못해
상관없이 물러나더라

나만의 당신

A 바른 당신
B타민처럼
C원 상큼해
D스코 댄스
E쁘게 잘 춰
F터 서비스
G상 최고라
H 기침조차
I처럼 예쁜
J의 꽃이야
K크 맛처럼
L 슬슬 녹인
M이 품 같아
N기는 거야
O직 날 위해
P는 웃음에
Q피터 화살
R알이 꽂힌
S로운 운치

T없는 당신
U쾌한 삶의
V아이피야
W머 감각에
X세대 같아
Y리 재밌나
Z기 탄 인생

나비

꽃잎 속의 나비야
이젠 나와서
피리 소리에 맞추어
고개 넘어 넘어
나와 함께 가자꾸나
비가 내리면
가엾게도 넌
날 수 없으니
지는 해 다 가기 전에
요리조리 함께 가자꾸나

가위바위보

가위는 보를 이기고
위험 있게 웃으면서

바위와 겨뤄봤는데
위 없이 꺾일 수밖에

보는 바위를 감쌌다

한글 탐험 퍼즐시의 세계

내 친구야

엉엉엉 울고 있는 아기 곁에서
덩달아 짖고 있는 작은 강아지
이따금 널름널름 손을 핥이지
가엾은 우리 아기 손이 가려워
근근이 울다 말고 웃어 버렸지
질질질 흘린 눈물 볼에 고였네
근질한 얼굴이야 마구 긁었네
질컥한 눈동자엔 예쁜 강아지
하하하 얼싸 안고 쓰다듬었네
다정한 내 친구야 네가 좋아라

콩나물

콩콩 뛰는 걸 보지 못했는데
나날이 무얼 하며 키가 크니
물구나무서기 연습하며 커

콩콩 뛰는 걸 보지 못했는데
나날이 무얼 먹고 키가 크니
물주는 네 엄마 사랑 먹고 커

PART 09

카페 이름과
하트형 퍼즐

카페 이름으로 일반 운(韻)행시를 쓰려고 했는데, 글제(題)의 특성상 매끄러운 글을 쓸 수 없다는 판단이 들었다. 이를 극복할 대안을 찾다 문득 하트형을 떠올렸다. 글제(題)를 시작과 끝에 동시에 넣는 양괄식으로 하면 어려운 글자를 교묘하게 넘어설 것 같았다. 이런 배경에서 탄생한 것이 '하트형 양괄식 한글 그림 퍼즐'이다. 그렇다고 카페 이름을 다 하트형으로 할 수는 없었기에 떠오르는 대로 만들었다. 그런 어느 날 일반 글제(題)로도 하트형을 만들기 시작했다.

아름다운 추억 여행으로

아주 아름답게 부름

다정한 목소리다

운명이 회오리친 기운

추억을 꺼내 반추

억눌린 기억 여과됨이여

행복한 여행

으뜸 인생으로 바로 가

중년의 사랑 그리고 행복

중…. 중년, 백 년의 절반

내 인생의 사라진 젊음보다

사랑의 추억이 많걸랑

그 남은 생 멋지게

그리면서 살아가리

고된 고행 끝에 행복

내 가슴이 너를 부를 때

```
        내게              향내
    가없     이    뿜     는가
    습벅          인          가슴
  이다지                    바쁨이
  너무나도                  사랑한너
  를느낄터                  세상모를
    부귀영화            이내전부
    를주리니    이젠나를
      때맞춰반길때
```

내게 향내 가없이 뿜는가

습벅인 가슴 이다지 바쁨이

너무나도 사랑한 너를 느낄 터

세상모를 부귀영화와

내 전부를 주리니

이젠 나를 때맞춰 반길 때

중년의 향기와 멋

소중한 중년
떠나간 년 남은 년 갚을세
정의론 생명의 장
고향의 그 향기
여기 넘치기에
늘 와글와글
몰려드는 멋진 사람들

그대 사랑해도 되나요

나　　　　　　나
그　대　　사　　랑　해　그
대　만　　　면　해　맑　아　진　대
사　심　없　는　해　굴　로　내　사
랑　　보　는　기　쁨　　일　　랑
해　　　바　라　기　음　　　해
　　도　　는　웃　　　　도
　　되　　쏘　　　　되
　　　나　낡　　　나
　　　　요

한글 탐험 퍼즐시의 세계

나 너

나만의 당신 진정 좋아하다
너 한 사람만을 사랑한단다

나 너만 사랑한 의지의 순정파

매사 당신만 생각하는 사람

신부가 행복하기만 진정 몸바쳐 원함을

정녕 신께 맹세하사

좋은 인연일랑 아주 무한하단다

떨어지는 사과에도 네 생각뿐인 나

떨
어
지
는사　　과는
대자연의　　　　　섭리이사
뙤약볕에　무르　익은　　겸허함과
밤이슬에　　　목욕한　　　　수줍음에
탐스럽게　　　잘　　　　　　익었어도
세월결에　　　　　　　　　　떨어지네
사과같은　　　　　　　　　　우리네생
나를떠난　　　　　　　　　　너를자각
인연다해　　　　　　　　떠났을뿐
내마음안엔　늘그대로인
내사랑이나

신이 주신 은총

```
    신           신
 신이내려주신나만의당신
이몸바쳐        사랑함이
주야장천          빛난진주
신명나게        바라보는
 은혜로운      나의삶은
  총괄한신의은총
        신
```

신이 내려 주신

나만의 당신

이 몸 바쳐 사랑함이

주야장천 빛난 진주

신명나게 바라보는

은혜로운

나의 삶은

총괄한 신의 은총

PART 09_카페 이름과 하트형 퍼즐

당신의 추억이 머무는 곳

```
              당
              신
              의
              추  구
          를  삶  만  년
          한      어  지  리
      만  방  에      문  곳      에
올 곧 은 당 신 발 길 은 내 무 질 서 한 세 상 의 피 어 나 는
정 의 론 사 랑 아              빛 과 같 아 서  상 의
악 을 몰 아              곳 간 을 여 네
내 마 음 의
```

당신, 신의를 추구한 삶

억만년 만방에 이어지리

올곧은 당신

발길 머문 곳에 피어나는

정의론 사랑은

무질서한 세상의

악을 몰아내는 빛과 같아서

내 마음의 곳간을 여네

시인의 파라다이스

삶이 애잔하게 느껴질 시
상상의 바다에 배 띄우는 자유인
미지의 섬에서 지친 영혼의
접은 날개를 펴고 파
훨훨 날고파라
씁힌다
꿈이
상상이 현실이 되는 시인의 파라다이스

꿈과 희망쉼터

꿈
과사랑과
희망이넘침에환희
망망한인생의고향되길소망
쉼없이행복솟는쉼
터가될터
사
랑
합
니
다

한국문학정신

한
국의국
문학을위한입문
학의비상을꿈꾸는마음으로수학
정상의문인이되는과정
신선이될당신

석양이 꽃 필 때

석류속인양
양볼이새빨갛군
이성의맘을뺏는것은
꽃에이끌린나비라고
필시하고픈고백
때깔좋다해

우리들에 정거장

여 유없 는 우 리 네 인 생
　예　술혼　을태울리　　없　으니
푸　른　꿈　　이 들　썩　이 는
　　　　이 곳에
　쉬어가　　며　정　　진하세
활　　동　　이　거　센　　터
　생명의　　장　　이로다

엄다 중학교

엄마의 품안처럼 그리움의 모태겠지
다정히 날 반겨주는 친구들을 그리네

중년이 다 되어서 추억을 헤집으니
학처럼 우아하던 친우들이 떠오를세
교정에 맺은 인연은 세월 속에 더 빛나리

한국삼행시동호회

한 맘 으 로 다 들 모 여 들 어 다 사 로 워 한
한 국 최 고 웃 음 주 는 다 음 행 시 왕 국 서
꿈 의 삼 행 시 쓸 세 라 세 월 모 를 삼 매 경
행 시 수 행 하 는 뭇 대 가 님 일 행 일 행 에
웃 음 꽃 이 시 나 브 로 피 며 시 가 되 나 니
각 방 마 다 생 동 하 는 감 동 적 인 작 품 의
멋 에 취 할 세 라 호 위 호 식 도 안 부 러 운
마 음 의 풍 요 속 에 회 심 의 밤 을 샌 다 네

위대한 삼행시

위 대 한 삼 행 시
대 할 세 행 복 인
한 세 상 시 인 생
가 나 다 라 맘 보

가로 세로
다른 글

러브인 아시아

러브하며 내 마음 노크하던 님이시여
브라보 어서 오세요 내게
인연의 끈이 길어서 하늘에 닿아
아시아가 비좁아 하나로 묶여
시나브로 깊은 정 쌓여 가니
아늑한 보금자리 햇살 가득해

러브 브리지 던가 브라보 어서 건너 인생길 어엿이
날 원하시는 님이 라면 오시오 인연의 길로 서둘러
내외 며 일체이며 보물이니 세상 의 둘이딱 하나라
마음 속은 하해라 어르려고 요술의 끈에 바늘달아
음미 하며 색시의 깊고 푸른 눈 속에서 진실을낚네
노상 크신맘 여니 내 마음 네게로 닿으니 좋아좋아

세월가고 아들 딸 자라나서 은총이 천리 만리뻗어
나아가는 하루 하루 시새워 정기를 아울린 햇살아
시심 좁다란 나인데 나날이 쌓여 늑골자 리 가살쪄
아 맘비단로 달리다 보리수 여린 한모금을 가누면
누가 푸나묶나 비로소 깊어 가는 정 보물 가득한가
아 인생이여 기쁨이 충만 하니 영원히 사랑해당신

PART 10

한글형과
한문형
퍼즐

한글과 한자의 모양에 맞는 틀을 만들어 운(韻)을 넣고 글을 쓰는 형태다. 제일 중요한 요소는 첫째, 글자가 한 눈에 들어와야 한다. 둘째, 글자에 맞는 글을 써야 한다. 셋째 운에 얽매인 것 같지 않은 자연스러운 멋이 있어야한다. 그러나 말처럼 쉽지 않으니 도전하는 자의 몫이다.

가

요니오♡봐소을
♡♡♡♡♡♡♡
찬이만봐는게은
이없♡♡잡하많
람수만난♡뿟억
바별♡떠내♡추

나

네리이며♡네데
그쓰붓돌르보인
♡♡♡♡♡♡♡
의시서이월먹한
속야에잎세♡수
연는무뭇의이순
자♡♡♡♡♡늘

다

면면니♡건리리
방보보르는하주
♡♡♡♡♡♡♡
고니처남는습을
잡♡게게게걷쁨
손히럽는이어기
대정부니붓투런
그♡♡♡♡♡이

아

처	음	만	났	던	♡	가	씨
좋	♡	♡	주	좋	♡	했	지
♡	직	도	♡	른	♡	른	한
♡	쉬	운	♡	린	♡	픔	♡
♡	세	월	♡	돌	♡	가	렴
잡	♡	♡	니	놓	♡	주	고
삶	다	하	도	록	♡	낄	게

파

온	몸	이	부	서	져	♡	랗	나
♡	란	♡	도	♡	안	♡	동	에
아	♡	서	♡	랗	게	♡	랑	멍
시	♡	라	♡	도	레	♡	레	♡
솔	♡	도	♡	도	라	♡	시	시
♡	릇	♡	릇	♡	란	♡	도	여
종	일	노	래	하	며	♡	래	져

※ 파안 파동 | 웃는 듯한 물결
　시파라(시퍼란) | 음악적인 느낌
　솔파도(슬퍼도) | 음악적인 느낌

하

좋	은	생	각	♡	면	서	
맘	♡	양	게	♡	늘	봐	가
♡	얀	♡	늘	♡	늘		군
갈	매	기	도	♡	얗		군
다	♡	야	루	♡	♡	♡	
♡	루	♡	루	♡	얀	꿈	이
축	♡	해	요	♡	뭇		님
속	삭	이	는	♡	느		

PART 10_한글형과 한문형 퍼즐

물

호르는물이런가
자연의은총일세
생명의소중한기
자아의멸도될세
땅에서하늘끝까
지
물은 소멸하지 않고 순환하는 것
고
달픈이순리속에
환생하여
저렇듯하해이뤄
흘러가는
생명일것이외다

몸

```
살  기  위  해  몸  부  림  치  는
우  리  네  삶  의  정  진  속  에
언  제  나  가  중  되  는  피  로
씻  어  내  는  심  장  의  박  동
            을

    몸  의  중  심  을  유  지  하  기  위  해

극  히  일  을  하  는  태  양  아
너  로  하  여  기  고  만  장  한
몸  똥  어  리  위  용  을  찾  고
내  일  을  향  해  약  동  한  다
```

종

친구려
진여구을어면라오구
멋봐하는어리따님친
누구를위하여의종은울리는가
하나너를매달려
기사랑의히종소리다웃는가
무얼하

불

열정은 불씨되어
심장은 타들어가
피어나는 붉은 꽃
곱게 따 내게 바치

어가 꽃치
되어은 바
씨들 붉게
불타는 내 마음을 알아주세요
은은 나 따 처

내 생에 처음
그대는
이 생명
내게 맹
날 가져

타는 맘 라이어 히
붉게 불 까 껌 없고 싶어 영원히
몰 볼

한글

한나절 공부하면 글자의 원리를 터득할 수 있어
글을 배우는데 가장 쉬운 과학적인 문자이다

지상 최고의 글인지라 글맛을 두배로
무한정 뻗는 자모의 조화에 놀라우리
나눈 절과절 의성어는 한글의 묘미라
소리 나는 근원을 찾는 가운데 창제가
가공하 듯 순리대로 자음 모음 배열해
부분 면밀히 터득 하면 장문쉬이 운운
여하튼 글자를 널리 보급하는 성과지
소리 글자일 터 문맹인 학습 적격인가
말할수 있고 쓸수 있는 문자중 최고라
쓸수가 있는 어느 부족 자산이 됐다네

시   시
인생을 살고파 속속
생기발랄한 시 속에
은총이 두루 넘치사
시를 창조하는 보람
와락 쓰고읊는 예술인
같아 한시라도 서두르자
아름다운세상 고운시가 있
나

바람

길을가다가 문뜩 발길을 멈춰 바람에 뒹군 낙엽과 같이하네
저빛바랜낙엽 사는 길찾아 나서는지바삐 저렇 듯이나는가
찬바람에 아리랑가락 아름답게 연주된 듯 기껍게 떠도느냐
온갖소리중에 어쩐지 서글프게 들리는 건 방황한 나이려니
아실리야 그어떤것의 우는 소리보다도 더 황홀한 가락인걸
음악처럼 웬가사가 서린 걸까 무슨뜻을 전하는지 고하는지
모처럼 자연이랑섞여 정 나누며 사심을 푸는 중에 있다하리
내게멀어졌나 했는데 처음 그 사람과 재회한 듯이 구성지니
저소리듣고 있나니 끝없이 잇는 아련한 추억 속으로나도네
님이사라져서 텅텅빈 이 가슴에 우수수 낙엽 만이 끝닿으니
쌓여라이내 텅빈맘에 떠나 가버린 슬픔을 붇으려 없애려고
멍울저간 상처가 아물었나 슬픔 모두 덮어두니 맘이새로워
갈기갈기 팬가슴에서 가닥가닥 피어나는 희망이 시새워라
숱한인연의 틈속에 돌고돌다 마침내 제 갈길 찾은 낙엽처럼
내인생의 기로에 처해있었는데 문뜩 깨닫는 자아가 있어라
삶의길을 찾아가나 보네 모진 방황 작별하니 꿈이 서성이네
열린우주를 가득담아 여명이 트니 된서리 멈춰 신나는구려
부풀린 빈가슴채우려 기나긴 시간 방랑의 길 떠나는청춘아
삶이무일진대 울면서 길을가며 유랑한들 꿈을 채울수없네
그무슨기적 있겄는가 떠나는 낙엽 속에 유를 보내었다하리
바람이 전하는 노랠듣나니 내 삶 속에 큰희망이 솟네힘차게

※ 조용필의 어제 오늘 그리고 가사가 바람 속에 들어 있음

홍홍

복
나 아 가 지
해 나 국 가 가
향 가 속 에 뻗 는 는 건
계 세 에 치 는 우 설
내 와 가 뭉 로 는 는 대
직 두 건 고 등 심 한
를 를 최 하 주
늘 영 행 사 중 축
케 하 하 사 되
룩 이 는 는 심 리
나 나 라 하 랑 하

향 가 행
계 세 한 지 복
내 와 국 한 나
직 너 이 날 의
를 두 보 당 조
늘 를 대 민 국
케 영 리 권 한
룩 이 민 가 국
나 나 번 염 이
없 여

당신이었나

신비로운 인생의
　　은　　　　　인
나날이 활력 넘치는 생
　의　　　　로　　　　운
황제의 품은 분명
제　　　　일　　　　인
요　　　　샌　　　　가

⊞

시인에올인하는인생
질골속싼들상미원인
빠에치에깃우여신는
시늘이시이좌을쑤하
행하니행복이깃들인
삼이서상행풍의양올
조력가만니기맘인에
사고리라하의꿈병인
삼사조삼행시빠질시

人

만에며는들잔다
건기보하한한
나이라각한한
은명바생자내낭
인생을을로축생
주는노생도월는
의업한한각세없
삶한미라픈한시
내권희초슬귀다

美

心

소

라

세나춘해난그보세밤정언옥매
상만하가오대이상다이제이해
의바추갈늘에는더새드나랑무
꽃라동수밤게대없도는사섞르
수보폈록우구로는록신랑은익
많는다더아름다운당랑할듯느
은보지해한을소우기신땐이니
꽃금지지하띠곳지고부사낭백
중자안는늘우이정밀이근랑년
에리하향되리타일다런사하해
서꽃네기어니보세가가근네로

잡념 비우고 사느니
인생이 마냥 명랑해
너의 마음을 풀어 봐
갈망한 속내를 믿어
소쿠리에 욕망 담음
신선이 다 있다 하네

PART 11

그림 행시

그림과 운(韻)행시가 하나가 된 형태다. 먼저 그림을 그린다. 그림에 적합한 운(韻)을 정한다. 그림을 들여다보며 이야기를 찾아낸다. 그림에 의해 글이 써지는 색다른 운치를 느낄 수 있다. 여기에 수록된 것 중에서 요술 램프와 케이크만 가운데에 운이 들어갔고, 나머지는 앞에 운이 있는 일반 운행시와 똑같다.

잎사귀

이 생명
연연하는 건
약은 욕심이외다
한그루 나무에 붙어
잎잎이 숨을 쉬면서
이상의 나무를 키우며
생명의 꽃을 주었지
　　　명예로운 사명을 다한 지금
의로운 재생의 길을
원숙하게 찾아 간다오
천신만고 여정 끝에
이 한봄 흙이되리
라고 말하는
오! 잎새

잎잎이

비행하는

여행의 계절이여

사생의

춤을 추는

달관의 방랑자여

귀뚜리

시인되어서

귀뚤귀뚤 읊느냐!

꽃

꽃은
은　연중에
자　기몸의
신　비　　　로운
의 미 를 알 고
속살거　렸　다
살 내 음 이 멎 으 면
을 씨 년 스 럽 게 도
뚫고나온 예 쁜 얼굴
고만　시들고말　텐데
피 어 　있　는 동 안
어 　　떻 게 하면
나 는 야
피
처 럼
붉
을
까

꽃은 은연중에
자기 몸의
신비로운 의미를 알고 속살거렸다
살내음이 멎으면 을씨년스럽게도
뚫고 나온 예쁜 얼굴
고만 시들고 말텐데
피어있는 동안 어떻게 하면
나는야 피처럼 붉을까?

장미꽃 한 송이가 그대 생일 선물로 어때요

장미꽃
미의대통령
꽃들의관현악을
한복판서지휘하며
송이송이뽐내며
이끌어주느니
가없는
그
대같아　　　　서
의연히　　　바　치리
생 명 을 얻 은 귀 한
　　　　　　일　　　생일대의
　　　　　　선　　　　　녀님선
　　물
　　로
어　울리죠
때　　　　　　깔이고운
요　　　　　　　　정의깃

장미 꽃　　　　　　　의연히 바치리

미의 대통령　　　　　생명을 얻은

꽃들의 관현악을　　　귀한 일생일대의

한복판에서 지휘하며　선녀님 선물로 어울리죠

송이송이 뽐내며　　　때깔이 고운 요정의 깃

이끌어주느니

가없는 그대 같아서

UFO

```
        우      주
     주    인    일    랑
   여 러 분 아 닐 까
  행       성       과       별
  할    당    받기위      해선
  비       행  해      야      지
  행       선  지는대  우      주
  접    수    해      야      지
   시 공      을      날 며
    어    떤  별      도
    서 슴 없이가 려 면
         타      길
         요망해
```

제비

```
   착한          당신
  한량없        이좋아
    일 체 를주 관한
  하늘 이 감동      하사
  면상을활짝 피      게할
  로또  일등  번      호
  또렷      한걸      로
  물        어 다
  어        엿 이
   주        라 네
           지    금
```

이 세상 끝까지 쉬지 않고 뛰어가나

```
          이
          세상
            상시
      끝없이 열려 있나니
      까무러치게 달      려도
   지구      는안잡            혀
쉬이포기할          수있지            만
                     지치            지
                     않고
         고까짓것하면서
         뛰고          뛰면
        어떻          게든
        가긴          갈거야
       나이렇            게빠르니
```

도자기

도도한 미에
도 취 된
한없는
세월의
월광을
결마다
에워 싼
역력한 빛
사력을 다해
가 마 속 에 서
묻힌 혼이 화하여
어언지간 천년 동안
살아 숨쉬며 생동하나
아득히 먼 과거로부터
움트는 도공의 꿈은
직사광처럼 곧게
인간을 향하여
다다른 것

갈매기

더
높이
이세상
날고픈
기발한도   전속에서
위없   이날아올라
한계를   무너뜨리며
도   력을얻은듯이
전선   에편승해
에너지를   아끼며
오대양을돌고   도는
늘어진행렬을보   면
의기소침한   삶   의
영예로운   비   상
광명천   지   여
이젠   내것

요술램프

소
원
을
다말해
요청하라고
원한다면얻으리
소망하는요술을부릴　　테니까
동심의　눈을켜고서술술잘문질러　　봐봐
소　　원을들어주게램프　밖으로나와야지
얼　마나오랫동 안램프속에 서꿈꿨는데
날　꺼내준다면　요지부동섬기며
주　인　님을위하여정성다할테니
진정　빛나는삶이　되리라
소리를들었거든
잡으면어떻겠소
소문나면줄설테니까
더빨리잡는것이최상이요
착한마음이있어야만
발견한다는램프

술잔

술이　　　　　　담긴
병을보　　　　　게　나
엔간이　　　　보채지않　　　　　　소
술술어　　　　서　따　라　　　　　고
이고진　　　　삶　의　무　　　　　게
넘어뜨　　　　리　라　　　　　　　고
　치　　달리는　　세파속　　　　　에
니　글거릴속　　　을　　　　　위해
만　　　만한게또　　있　겠　　　소
사　　양　하는게덕아　닐　　　　　세
　형　통　　　한　　삶　위　　　해
통렬　　　　히술을　　따　르　니
　하　　　　　소　　연　말　고
　게　　겔들린　듯　　　이
　잔　을　　높　　　이　들고
받아주시길
소망하니라

황금 알을 낳는 닭

황색
금 덩이   를
알알이 품   었으니
많이많이   에   뻐해주세요
이목숨   다하도록님을위 하 여
      낳   고또   낳 아
   아   예없 을   때   엔
   줄   것은몸뿐 이 리   니
   게   정피우 시 말   고
   꼭몸보   신 하   여
      부티   나   소서
      자나깨나소중한님   생각에
       되찾   은행   복   감
       세   상   사는게
      요 맛 이 야

황색

금덩이를

알알이 품었으니

많이 많이 예뻐해 주세요

이 목숨 다하도록 님을 위하여

낳고 또 낳아

아예 없을 때엔

줄 것은 몸뿐이리니

게정 피우시지 말고

꼭 몸보신 하여

부티나소서

자나 깨나 소중한 님 생각에

되찾은 행복감

세상 사는 게

요 맛이야.

주전자와 커피잔

이
몸뚱이
불이좋은
태양의후예
워럭물을 끌 어   안 고
그 열 정 을 내   뿜 지
대 순 환 속 에 날 잃 고
커 피 향   에 매 료   된듯이
피 를 내   주 는   심장이되어
잔 을   뜨 겁   게 달궈주 나 니
채 우   고 비   우 는   것 이
우 리   들 의   사 명   인즉
리 콜 을 환   영 하 니 까
라스트한방울까   지아끼지마소

이 몸뚱이 불이 좋은
태양의 후예
워럭 물을 끌어안고
그 열정을 내뿜다
대순환 속에 날 잃고
커피 향에 매료된 듯이
피를 내주는 심장이 되어

잔을 뜨겁게 달궈주나니
채우고 비우는 것이
우리들의 사명인즉
리콜을 환영하니까
라스트 한 방울까지 아끼지 마소

세상 행복 물어 담고 날아보소

세기적인 상서로운 새여

행복을 두루 쪼면서

복스럽게 앉아있구나

물끄러미 보기만 해도 나도 모르게

우수선한 맘이 가라앉나니

담뿍 너를 채우는 기쁨

고운 사랑 노래 날갯짓을 하며

아침을 깨우면

가뿟해진 세상

소리 없이 열리리

사랑의 하트

```
    당신향한내                맘을어느날
  신 천        지      에 심 었        다
 향      토        속에  서      싹트        고
한 줄      기    햇 살  을살라 먹        고
나   날 이      성          장 하        여며
의      연      히          제자리 를지 키 며
마   냥 열      린세      상        을향   하여
 음악      과    시  의    공간을 열   었다
  이   듬   해그 이듬              해   도
   나 무 는  더 욱        자라 나서
    무 수   한      생 명 들이
     되    돌    아 설수없는
      어 미   가 되      었 다
     세    월       이     가        도 는
    상        상 의 나 무            고
    향        기가진해지            고
     하늘 끝   까  지   닿    아 서
      여러        가            지 의
       기적    이 생          겼 다
        적 색 의        하 트 에
         의 미 심      장 하 게
          꽃은 피 어 나 고
           피 는 족 족
          우 아 한 사 랑 이
         고 운 가 지 에 맺 혔 다
```

사랑하는 당신의 생일 축하합니다

화　　이　　팅

（그림 행시 — 세로로 읽는 시）

내그파티그빌촛그뜨생케그대오로운고

대를밝보이타운크울대날하한

사랑하는당신의생일축하합니다

함께이촛년을기명심이여창한감영

랑이밤불의태를바동적녹한사원

속소우받치체시고이해히

에망듯아리되어고파라싶어라기쁨라

하프 타는 아가씨

```
바    나              나에앉아                        서
   나                  로시즘에빠                    저들어
   나   지    막       하게노래하며              하프  타 니
위 로       아  래     로춤추며 나비      가빙      도  네
에 로   틱♩한          내 모 습에 반한        걸  까
서 ♩로 를♩♩유         혹하    는연          주  나   에
우 ♩♩  ♩♩♩리         는하    나            잃  고   돼
아 ♩♩  ♩♩♩마         나 를              걸  고   까
하 ♩   ♩♩♩프         가 된              걸    까 가
계 절♩들♩린 영 혼 의 음악회  런              나
하♩늘♩♩도감 동 해 바 람을보  냈           이
프♩로♩♩포 즈   하   는   듯           을
타 이♩르는듯 이 머 리 털              네
자♩연♩스   럽게 날 리
나 ♩♩하   프나   비바            람
비♩♩봉   사봉간   인        가
가♩뿐   해진   마      음
날♩아   오 르 누      나
아♩련   한 꿈나      라
와 이 어 줄타   며
서 녘 의 미풍   에
춤 추 는나비 와함 께
추     진력 을받  아
자 아 도취 되어 서
네활 을탄다오
```

파랑새

```
        행              복이란
복음처럼전 도         되 는 노래
  은 정   깃든     메      아 리
언제나날맴 도          는   파 랑 새
          제     맘     을열 면
          나      울   거 리  며
  당장앉 는   보    금자 리새
    신 부        의   수줍음같아
  안면을 잘      들 지못하여
   에   돌며       애태 워도
  머물다 보        면금 세
        물        고  늘어진
   고상        한  파 랑새
   있 는   맘안에서늘지저귀 는
   다정    한행복이란이름의새 여
```

행복이란

복음처럼 전도되는 노래

은정 깃든 메아리

언제나 날 맴도는 파랑새

제 맘을 열면

나울거리며

당장 앉는 보금자리 새

신부의 수줍음 같아

안면을 잘 들지 못하여

에돌며 애태워도

머물다 보면 금세

물고 늘어진

고상한 파랑새

있는 맘 안에서 늘 지저귀는

다정한 행복이란 이름의 새여!

모닥불

```
              모
            닥 불
          불길속에
        이내      가슴
      정    착   되    어
    열    받은것일    까
    의  기 로    불 타  는
  내  눈    을 잘    봐 봐
가운데        두 눈        동 자 가
  슴 벅 거  리 지  도 않 고
    을  러 대 듯 타 오 르  지
    뜨 거    워 진 심 장    에 서
  겁 나 게 피  를 솟 구 쳐  올 리 기 에
  게 으 른 인 생 의 활 력 을  되 찾 고
      태  우 는 열 정 에  녹   니
      우  주    가 녹        진 다
    나 무        를 던        진 다
```

모닥불 불길 속에

이내 가슴 정착되어 열 받은 것일까

의기로 불타는 내 눈을 잘 봐봐

가운데 두 눈동자가

슴벅거리지도 않고 을러대듯 타오르지

뜨거워진 심장에서

겁나게 피를 솟구쳐 올리기에

게으른 인생의 활력을 되찾고

태우는 열정에 우주가 녹느니 나무를 던진다

주스 한잔 사이 좋게 마시며
밤새 얘기하고파

　　　주스　　　　　　　　　한잔
스　스　럼없이함께마　시　며
한　　마음♡♡♡♡♡되고　　파
잔이쉬이♡♡♡♡♡비는만큼
사랑은차♡♡♡♡오르겠지
이따금호♡♡♡흡멈추고
좋은표정♡♡자아내며
계염스레♡널담으리
마르지않는가슴에
시처럼스며드는
면모에놀라며
서두름없이
밤깊도록
새로운
애
기
를
하염없이나누는상상일랑
고단한　　　삶의휴　　　식이며
파괴되는영혼의안식이리

복이 들어오면
꼭꼭 붙잡아두어야 한다

복이들어 서 려 하면
　　　이　　냥 주 머 니 에
막 무가 내　　담 아 야 한 다
들　　취내☆☆기☆보☆☆☆ 다☆는
어 마 어마☆☆하☆계☆☆☆☆ 키☆워
오　　만　가　지　복 들　이
　면 면　이　성장할수있　도　록
　꼭　　꼭　보　살 피　　며
　꼭　지　를묶어둬야　한　　다
불　박　　이　　심　　장
잡　　아　끄는중심이돼야　　한　다
아　귀　　　　　　　　맞 계
　두　　　　입술을꽉다　　　문
　어 진아줌　　　마 같은모　습
　야 코　　죽는일없　계
　한 없　　이 채 워 서
다사롭게사랑방에걸어두리라

집

공♤♤♤♤♤♤♤들　　　여지은
기♤♤♤♤♤♤♤♤ 막　　힌집에서
가♤♤♤♤♤♤만♤♤히　귀기울이면
맑♤♤♤ ♤♤♤고 ♤♤♤고　운새의노래
고♤♤♤♤♤양♤이♤♤♤의　울음소리가
경♤♤ ♤쟁♤♤♤♤♤♤하　는 듯하여
치 ♤♤♤ 솟♤는♤삶♤의　활　력이여
좋 ♤아 지♤♤는♤자　연　이　여
　은연 중♤에 시　읊　느　니
　집이　무릉도원　아　니냐
　　에　워　싼 신　비　에
서♤♤♤♤♤리♤는 행　복　이 런　가
가♤♤♤♤♤♤♤뿐 하게　발을내　디　디니
족♤♤♤♤♤♤족　　나 는　듯　해
과♤♤♤♤♤분한　　기분　에　젖　네
오♤♤래　　도록사랑하 는가 족과
　순 박하게오순　도　순　사 는 모습
도면　처 럼 설　계되는벅찬　감동　이 여
순탄　한인생사를　끌　어　안아주　며
살　게 해준　이내삶의동　반　자　여
아　끼고꾸미며　감　사　하　면서
가　　일층더사랑　하　리　라
고　　　양　이　와　새의
파고드는울음소리에멈칫하다명상에서깨어났네

못과 망치의 운명

```
◇◇◇못◇잊을그리움에◇
◇과◇격◇한입◇맞춤◇
◇◇◇망◇연자◇◇◇실
치한에◇게겁탈당◇한듯◇
의기◇소◇침할◇거◇냐
운다고◇피할수는없거늘◇
```

```
                    명랑히
                    대하듯
은인을               하면서
상  대               게맞자
호기롭               구하는
   간               새삶을
의로운               쳤거늘
   외               감한듯
   교               뤄졌고
   이
다  시               만날까 ?
```

못 잊을 그리움에 과격한 입맞춤

망연자실 치한에게 겁탈당한 듯

의기소침할거냐

운다고 피할 수는 없거늘

명랑히 은인을 대하듯

상대하면서 호기롭게 맞자

간구하는 의로운 새 삶을 외쳤거늘

교감한 듯 이뤄졌고 다시 만날까?

편지

당
신
이♫♫♫♫♫♫♫♫♫♫♫♫♫여
너 라 고 부 를 수 있 는
무 수 한 사 람 중 에
보 고 싶 은 단 한 사 람
고 독 을 날 려 줄 성
싶 은 아 름 다 운 당 신
어 리 는 얼 굴 만 으 로
잠 조 차 부 끄 러 워 서
못 견 뎌 도 망 친 걸 까
이 봄 뜨 겁 게 불 타 오 른
루 비 빛 가 슴 앓 이 에
어 여 쁜 당 신 떠 올 리 며
편 지 지♫♫♫♫♫♫♫♫에
지 우 며
쓰 길
네 댓 새

행운의 열쇠

충하미만인
복대의쇠를아그인
행운수열쇠가로

전
시심장한라
들었나니
글자열쇠
하는순간

상서로운
보든든한두열
을러대리
열수리있는주

세상사가는오을서고리
신비리라오을사리넣가는
풀쇠라문면라수문나열아뜸우으
문을외우면린듯어삶을
풀리라두

니퍼에절단된듯
받으
세요술키로삼

전등

환한빛을주리니
한껏오셔　　　서
불평없　　　이
빛이만들어내는광명　　세상을
이　　　　숙하도　　록찾　　아
그　　　　늘진맘　을쫓　　　고
대　　　　망을품　으　　면
의　　　　로운　　길로
인　　　　도　　되　　　어
생　　　　　기발랄히
의　　　　기　　넘　　친
미
래
를
밝
히
리
니
오색영롱한
세상을건설하는
요긴한등으로삼으소

손 잡은 연인

```
                              손을
       잡고                  있으면
       으뜸의                로맨스
       면구하                  게
   왜이다                      지도
       춤이                  생각나
       이성들                간에는
     생동감                  넘쳐나니
     각자의리              듬에취해
     날인도 하 는 곳으로
     까딱없이 떠 나 면될까
     세속에  서 벗  어나는
     상서론   춤   세계로
     의젓이                나가자
     식상하지              않아
       하루진              종일
       지칠때              까지
       말발굽              춤에
       고무되              어서
       봄맘                기면
     좀 좋                을까
     풀  리                는봄
   자    유                로운맘
```

한글 탐험
퍼즐시의 세계

인쇄_ 2014년 6월 1일
초판발행일_ 2014년 6월 5일

지은이_ 이길수
펴낸이_ 배수현
디자인_ 박수정
제 작_ 송재호
홍 보_ 전기복
출 고_ 장보경
유 통_ 최은빈

펴낸곳_ 가나북스 www.gnbooks.co.kr
출판등록_ 제393-2009-000012호
전화_ 031) 408-8811(代)
팩스_ 031) 501-8811

ISBN 978-89-94664-68-2(03800)